十二束绝句

王敖 著

上海文艺出版社

目录

绝句之一

为什么,星象大师 3

以花为问号,以人类为终极借口 4

很遗憾,我正在失去 5

坐在摇椅上赞美酒精 6

荧荧的蘑菇有画家的手 7

梦到旋转机枪手的一瞬间 8

我也难于解释 9

巨轮继续倾斜 10

仍在猜想,仍在节律之滨 11

万千砂轮下的动与静 12

绝句之二

世界和万神殿合进双掌 15

返身跃回跳台的屈原 16

遨游的虬龙，肩负的小熊 17

让我横抛，山贼的生态学 18

当我跑得像两只老虎 19

谈谈怎么超越禽兽吧 20

胡子冻出雪茬的斯蒂文斯 21

有一位宇宙中漂流的狸耳客 22

梨形的陨星以云做骰子 23

睡眠抄袭死亡的一次曝光 24

绝句之三

开坦克的诗人，去抵挡一首诗 27

人世涨落，像马车夫的白发 28

双影绕身为什么发愁 29

转瞬是行踪不可考的磷火 30

裂成钻石结构的木屋 31

飘移在新阶层的化石里 32

万般的无奈和钟爱 33

你愿意这样重温吗 34

水上的熊猫，升空变成天鹅 35

一首一首诗的不记名投票 36

绝句之四

中年的，飘然的怪叔叔 39

海啸去我们楼散步 40

蒙面的敦煌小飞天 41

赞美绝对的李金发 42

去深渊里冲浪的微尘 43

仿佛小白鼠去实验室找工作 44

巨兽们无暇欣赏这个问题 45

人跟猫中的人和猫的混合体 46

你踩响的彩玻璃，寂寞的猜想 47

金发的绝句，像秋天的小村庄 48

绝句之五

鲨鱼咬断的颈椎一般散架的几句 51

野鸡舞在云间印花 52

冰川里复苏的远古病毒 53

一夜夜嬉笑的魑魅魍魉 54

万里江山晕染的粉碎机 55

去往未知地区建一个国家 56

它们祈祷新王如大蛇涌现 57

杵在海边看炊烟 58

蝉蜕里的娱乐节目 59

落叶如闪电的金苏迦树 60

绝句之六

那个俊俏的爬树的 63

喜欢一场一场空中的欢喜 64

醉拳之后怎能不相爱 65

风转的未知数，影子的造物奴 66

玉簪花上空的静止与悲观 67

哭闹着纤柔的触须 68

我们坐起来，把春风围住 69

雪皇后永久，孤独的游戏 70

我眼中的冰与零与爱 71

那软得耀眼的蛇和我 72

绝句之七

我抱紧蛛巢，你指画须弥山 75

中年开始绝望，晚年直接发疯 76

我们不愿意回忆那只飞蛾 77

最杰出的疯狂毁于头脑 78

地下排水系统的罗宾汉 79

坐在竹林里等待被捉 80

生物互相吞杀的转动门 81

戴着松脆可口的帽子 82

三棵树下，游方僧般的天鹅 83

酿出了蝴蝶的遁世酒 84

绝句之八

预言诗人说你们好有趣 87

可以避免一切时代悲剧 88

按摩神经末梢的绝句 89

牵走了你的千般愿 90

诗与自然的双头兔 91

不知道给谁，带来过多少烦恼 92

圆舞曲中的父与子 93

望穿警幻仙蛛的花绣 94

拍手族去巨耳国讨生活 95

随星体爆炸而消逝了 96

绝句之九

符合宇宙上涨的快乐趋势的词 ……99

未喝过的一种猫耳之影茶 ……100

是一神独创世界的巨弓 ……101

就这样炮烙着历史 ……102

我有灵魂因为,我要出窍 ……103

让退位的老神看苍波 ……104

一列列王朝奔忙到海 ……105

佛国地图的上空也有飞船 ……106

绿衣鹦鹉教导鸱枭的幼鸟 ……107

给小孩子看的杜甫 ……108

绝句之十

接近永恒,死缠我们的惊鸿 ……111

人世间的老怪物太多了 ……112

伸头让四方怪咬住 ……113

天台上提前放把火 ……114

真正的混沌再次出发 ……115

爆燃着奔跑的指挥 ……116

昨夜失灵的,小神般的水母 ……117

走过万仞群峰的绝句 118
人类情感制造的化学武器 119
我们的永恒与它们的偶然 120

绝句十一

在窗外仿佛雨后的樱桃树 123
也是世界随机的灯柱 124
无我的，记不得的不可测 125
世界海参睡眠大赛 126
供波纹娱乐的时间锁 127
幽暗中半隐形的烛龙 128
火海尘埃对峙淹没每一刻 129
三千七百里，颠倒做云使 130
你自然弯曲的睡眠 131
任何一个世界的上帝 132

绝句十二

记忆散场的泥石流上方 135
提前荣休的飞碟来我乡 136
运转大风车和大绞架 137
逃出的萤火忽来忽往 138

一片小碎钻的声波回复 139

家常猫的神性之光 140

当然它跟我不分彼此 141

玉人的心环与愚人的心花 142

万种世间苦，也将石沉大海 143

神话大全与绝句的花序 144

附录一　变体绝句九首

凤兮绝句 147

沧浪绝句 148

蘑菇的语言绝句 149

大铁门绝句 150

算命师绝句 151

半自动绝句 152

人之链绝句 153

东风影院绝句 154

我猫前世绝句 155

附录二

访谈：绝句与诗歌形式的共振 159

绝句之一

绝句

为什么,星象大师,你看着我的
眼珠,仿佛那是世界的轮中轮,为什么

人生有缺憾,绝句有生命,而伟大的木匠
属于伟大的钉子;为什么,给我一个残忍的答案?

绝句

沧海翻覆间,幼虫在逃生者
尾翼上缓慢测量着,未来生命眼里

暴戾的希望,它看到自己的苗裔颈伸百尺
以沙地沉龙为食,以花为问号,以人类为终极借口

绝句

很遗憾,我正在失去

记忆,我梳头,失去记忆,我闭上眼睛

这朵花正在衰老,我深呼吸,仿记不住,这笑声

我侧身躺下,帽子忘了摘,我想到一个新名字,比玫瑰都要美

绝句

我坐在摇椅上赞美酒精

它们深埋于空中的某处

我就像空瓶呼吸着

我所知道的地下水,我希望时光迅速矿化,重现往日的葡萄

绝句

如何装饰一座朽坏的木桥
荧荧的蘑菇有画家的手,教我们的前世按手印

有鼠忧疑着,爱尔兰之泉的绿光
有鱼吹着泡沫,有桥在清晨变成花朵吸住窗

绝句

你藏在烟盒里的疯人院,无论打开还是关上
都有睡在空间站里的人,梦到旋转机枪手的一瞬间

像忘在花店门前的小喷壶
迎面拥抱了暴风雨,像我不用挣扎就遇见了你

反绝句

我是我鳞片的光,拖进睡眠的光的变形,我们
是地球人大型的激光表演

像一束光寄居在火中,头顶珊瑚王冠的海蟹
也是我在招手,所以我也难于解释

那些黄色的小不知道,绿色的逻辑黑洞上的霉菌

绝句

巨轮继续倾斜,穿上杂技紧身衣的船长

撑篙杆跳向高处翻飞的彩色无花果

般的气球,来不及挥手告别,深水里

壮丽火光的持有者,诱我们做观影的群众演员

绝句

最后离开的赢了,他们找到的地狱

香渺幽邃的一枝,仍在猜想,仍在节律之滨

微转。他们传递的浮花,为什么不朽

像海之镜上,浪蕊的荧光,让我们在岸边奔跑

并相信,太平犬也来自一颗星。

绝句

万千砂轮下的动与静,推你入水进山,登天
与地鼠共鸣,人参土豆是你造人的原型

万千沙皇的浮光,曾是铁腿的蘑菇云,吹散仍是十字军
踏过图象刻虚空,借你深峡的跳跃,劫走生死的喧哗

絕句之二

绝句

祈祷不祈祷不祈祷不信都有问题我仍要

祈祷,没人能夺走我能轻信能夺走我

每时每刻改变的权力,因为我的使命是

把世界和万神殿合进双掌,再慢慢打开

绝句

我和我的四十个作者,走在
朝圣的路上,各自人生流沙里的金沙

我们是时间的大盗,返身跃回跳合的
屈原,风中飘走金丝勾勒出的粽子

绝句

飞毯上,突然降价的名花
就像遨游的虬龙,肩负的小熊
在你们之间,芙蕖的轮子转动悬圃

啊,旗袍中的莎士比亚,闭着眼睛把我刻划

绝句

龟速地离开,火湖还是花海,
缥缈世界的香蜂草,让我仰慕,现实的青蛙

让我横抛,山贼的生态学,也让我挡住
跌跌撞撞,前来唤醒我的圣徒,让他飘忽在尘土中

绝句

当我跑得像两只老虎
那样快的时候,不是在追赶

没有在逃跑,是所有可见的真奇怪
都走上了平行线,所有曲线都沉入了小花斑

绝句

我猫对我说,做圣贤好难啊

像我这样生而萌之,刨沙知礼的野生

家养动物也渐渐松爪,不再强求了

不如弄个精致小菜,谈谈怎么超越禽兽吧

绝句

看国王与小丑,互相溺毙在对方
眼光里,坚冰中胡子冻出苍茫的斯蒂文斯

与向他奔袭的日本少女对峙,地平线
向地外卷如章鱼腿,哦,诗的保险柜

绝句

幸好我不是宇宙中漂流的
斯弥虫,刚好你身边有一位宇宙中漂流的

狸耳客,幸好也是舒坦成的流线型的我
刚好去过无琴的思幽国,刚好有我的狸耳的狸耳在唱歌

绝句

人创造梨的华尔兹,而梨形的陨星以云做骰子
冲散永恒,坠向深绿微凉的处女林

当我们如临终戴花的古瓮,鼓腹而歌
在防风氏的肩胛下,在骨骼与神经的枝叶间跳跃如浪

绝句

半月峡湾的落日,与奔跑着把人群

赶向黑夜的裸鳖,是不是睡眠抄袭死亡的一次曝光

还是多枝的天空下,持灯的鸢尾花背着螳螂,调笑这拿镰刀的

絕句之三

绝句

开坦克的诗人,去抵挡一首诗
看到它飘进了火车的窗子,落在了

一杯茶旁边,有湖水倚在我身边
也像一杯茶,让我感觉像一个砂粒

(赠杨全强)

绝句

人世涨落,像马车夫的白发
人生被仔细伺候了,像马车前的白马

回头看到我,也看到人海的小矮马
一瞬间一轮回里一粟一瞬一瞬间的马车夫

绝句

双影绕身为什么发愁,幽光
落入西海,指弹提灯的飞蛾,窗内外
前后绕远的人和马,拆走黑暗深爱的小楼

绝句

我们是数千条大蛇交缠在一起时

相遇的两枚鳞片,有的蛇磕磕碰碰来自远古

有的日夜滑行盘山而上,把世界藏进云雾

你我之间有爱有离别,转瞬是行踪不可考的磷火

绝句

夜光泉升起了月牙鳍,上世纪
俯瞰幼儿园的飞行员与欢呼中的小手

去一涡潮水里,捞起对方的碎瓷片
在裂成钻石结构的木屋里,摆好了

绝句

是谁携来霸王龙,用小手
双双舞动,天地人狼的等级中

千丈长人,勾魂的媚眼,不存在的工蜂
随夜光,飘移在新阶层的化石里

绝句

在你的世界里,建造人的房子
在人的天空下,难免不是昏君,用静电对峙的
用洪水滔天的,让刑事追讨的,万般的无奈和钟爱

反绝句

你会吗,那么你半夜去散步吧,不知道
哪里是中途,倒下就可以结束;可是你
趴在泥土里,看到纤维清晰的、娇嫩的吝啬鬼

紧紧闭着花瓣,在白天,它们还是雌性的动物
跳到你身上,吸走生命力,你愿意这样重温吗?

绝句

你不是橘猫,但你也是屈原颂的
主人公,你是小公猫,也是我爱慕的波浪中

一尾水上的熊猫,升空变成天鹅,你的黑白花纹
让布莱克向往,更小更好奇的老虎,更友善的造物主

绝句

一首一首诗的不记名
投票，把你推上了浮冰碰撞的
湄上选区

浮云上也有你，瞬间也好永恒也罢
然后呢，永恒要什么然后瞬间就是瞬间

絕句之四

绝句

让我徜徉在,穷山恶水的
医疗事故般的,恋爱中的荣华富贵

让我变成中年的,飘然的怪叔叔,让我
从无路回头的无底洞,跳进跳出,在没有悬念的悬空寺

绝句

海啸去我们楼散步,与我们同时走上
阶梯,我们的居所广大无边

水上的人回望同类,在鱼缸里
一步步走进试错的彩虹,眼睛像免洗的葡萄

绝句

循环音乐中坍塌的图书馆,侧翼
吊桥般升起,因为藏有几首抒情诗吗

让你注意到了这场灾难,曾经连锁了
旧时代赶来援助的无名氏,蒙面的敦煌小飞天

绝句

秘魔崖上分裂的公主,汹涌着我们的分形

每人一杯,惊马随夕阳坠山般的挣扎,松风吹乱了

偏瘫王子的激情,推车转动天轮的,世界终尽的笑匠

喘息着忘记目标的复仇,驱赶伐木的赣巨人,赞美绝对的李金发

绝句

去深渊里冲浪的微尘,讨论谁
埋葬谁的问题,多米诺之王跟骰子王后

在讨论拯救者是谁,大多回答都是提问者
被淹没的同时在挥手,再酝成烟圈里的莫须有

绝句

细胞的微躯,也识得酒中趣
自杀的细胞,随风雨上下,仿佛小白鼠

去实验室找工作,仿佛我去闯社会
驴鸣不已,你要针对谁,"不做坏人如何活下去"

绝句

这是个什么世界,镜中蛆

做出了回答,这是个什么世界

巨兽们无暇欣赏这个问题,只是交颈打嗝

镜中蛆中精英的歌声,汇入了嗝声的洪流

绝句

我们跟猫一起翻肚儿,不跟鱼一起
我们跟猫一起打滚儿,不跟驴一起
我们是人跟猫中的人和猫的混合体
我们跟猫一起斗气儿,不跟人一样

双绝句

爱过才知,醉过才知,元首的情重
美人的久重,是新宠物含芳的圆手
挨过才知,罪过才知,美人的酒浓
每人的叹息,在伪人的喘息中凝艳

啊,拉登的神丁,哗,谐音的瀑布
那时你踩响的彩玻璃,寂寞的猜想

在无处转身的低空扶着,花蝶般的轻波

绝句

金发的绝句,像秋天的小村庄
住着人,梳着最成熟的音乐,发出邀请
当我降临,告诉我那迷人的隐喻,你是谁

绝句之五

绝句

让我们回头醒来的,让我们用用十年二十年

去风干晾晒,那鲨鱼咬断的颈椎一般散架的几句

我们用来描绘,生死的黑白起伏如海豚,和世界

跌倒在我们眼里的万分之一,并坚信呼救的人掌握了小概率

绝句

我们与苹果林的松散同盟,下沉了
成为石油开采的下一个目标

打开天窗看一场某层社会
才有资格表演的野鸡舞,在星云间印花

永恒着,死神参与造谣的快乐

绝句

冰川里复苏的远古病毒,唤起

蝎尾的咱祖祖,独角的耶鲁里,多头的蟒古思

在我们感叹活久见,祈祷黑科技的喜剧时刻

绝句

一夜夜嬉笑的魑魅魍魉,并不急于
烧烤时代的主旋律,能力有限的他们不足以

每次毁掉谁人生的四分之一,他们喜欢一口
吃掉胖子的感觉,他们更爱看人口脱险时的虚脱

绝句

铜头铁胆，金猴石锁投入万里江山
晕染的粉碎机，每一小格方阵内部都有

翘首持股的蚩尤，长须发信号
拔宅，短尾鳄喷喷涂江阁，力撼但丁祠

绝句

猪海中的贼船,去住未知地区
建一个国家,那里还没有信仰

只有小孩和猫猫游戏时,搭起的圆石
与落叶叶的祭坛,人海里四顾都是假酒和醉鸭

绝句

井底之蛙越挖越深,一起掘进的
还有酱菜瓮土层的鼹鼠,它们祈祷

共同的王,夏季雨师定点浇灌
它们祈祷新王如大蛇涌现,旧浪再带卷全国

绝句

被金雕扔进巢穴的智慧生命

有孤勇者的真面目,金雕逃往新时空

幼鸟啄食的喜剧,卷入日新的不得已

世界大战投下的炸弹,杵在海边看炊烟

绝句

记忆的空船,载着一丝长生不老药
我们从来不是蝉蜕,而是蝉蜕里的
娱乐节目

原本用于祭祀的头颅
都用来当球踢了(集体棒喝的捆绑火箭)
沉船里一只游戏的翻车鱼(踏窗而去的徒然花)

绝句

原地登山跑的小熊,惊恐万状的蜗牛
是你尘世的同伴,一起落水

产生的螺纹,把落叶如闪电的金苏迦树
紧在夜的琴桥边,敲门声游上去

绝句之六

绝句

那个俊俏的爬树的,已经换上
长裙的你,总是你,在我醒来时,逗弄着

我饱经风霜的小孩心理,我的眼神
像我体内慌流的力量,流窜在你的指尖,说着爱神啊

绝句

我喜欢一场一场空中的欢喜
就像永动机与没动机,互相寻找着不自知

我和谁不翼而飞了吗,互相虚无了对方的翅膀

绝句

醉的船只,载我们上床,醉拳之后
怎能不相爱,就像樱桃啊,躺在樱桃的身边
要静静相对,又想要交欢——

带我们回去吧,手臂上枕着脸庞,透澈的眼睛仿佛
落泪的水苍玉;有人要从树上落下,还有人在枝头红着胸前

绝句

你知道了你却不明白的,让你像一溜烟

时而急停,忽而急停,你嘀咕着进击古的昆虫

一节节转身回望,风转的未知数

影子的造物奴,一颤的睫毛也是海里追来的猎豹

绝句

奇妙的信告诉你新爱,创造了新人

谁的轮廓,像年轻时的背影,在另一个世界

摇着鱼竿,当河水震颤着,玉簪花上空的静止与悲观

绝句

站在神经末梢的小神灵,回望昏迷着
方向盘的昏君,就是我啊

她哭闹着纤柔的触须,是来自哪个世界
烧焦之前,向我摇头的花草

绝句

你完美的身体是降落中

绿影的天使,抽空自我辩论

吐出的花束就是,临床试验过的神

我们坐起来,把春风围住

绝句

雪皇后永久，孤独的游戏

淹没了古生物，那地动山摇的爱，让卖火柴的小女孩

走向冰冷枝头，她红肚兜的鸟鸣，是爱上了我们的偶然

绝句

你眼中的冰湖是用零做的

纪念爱的相框,我眼中的冰与零与爱

瞬间的合影,是划向深海火柴的动力

绝句

那软得耀眼的蛇和我,互相惊吓着
爱上缠绕在一起的比赛,在我获得第二名的第五十几次

我夺取了酒的不合作,泪的无缘由
海誓山盟的碎碎念,这样的反抗被小被多,越要偎依在一起

絕句之七

绝句

你鼓动蝶变,我观看蚁聚,你坐拥
风暴,我抱紧蛛巢,你指画
须弥山,我放出萤火虫,你
孤栽巨浪的一闪光,我回到明天的公元前

绝句

我们正在变成二十年前
读的传记主人公，中年开始绝望

晚年直接发疯，迫使我们回去研究
配角们是如何做到不疯的，那些可悲的人

绝句

灾后的孩子们躺在地上

披着巨大的飞蛾,我们不愿意回忆

那只飞蛾怎样从天而降变成细沙

和可疑的粉末,偶尔睁眼看我们

绝句

业余当保安的我看见,一代最杰出的
疯狂毁于头脑,今天听到三十年前吸管里

太阳神口服液在巨响,不敢再三十年前
去卫生站怀抱的小鸡,像孩子对谁都很不屑

绝句

世界上最复杂的树根,是千百回袭击
地下排水系统的罗宾汉,拉锯战在我们脚下

土地深处进行,但我们是向上升眺的人
一代代毒蘑菇跳上去弹回来,在我们中间崛起

绝句

与公元前某天对称,万古庄严的桶
露出了鳖爪,吹笛人,坐在竹林里

等待被捉,竖排的旧传让人相信
横行的未来,新一轮人王奶凶着长大

绝句

葱白的月,黑池塘里有生物
互相吞杀的转动门,用鱼骨和人手

龈龈争论,远方的街上谁在招手
停顿,等待每人拿出罪恶的小培养皿

绝句

某种以豚命名的是鼠,是海上救生员
还是手持自己肉的无偿劳动者,看看你

身边能用的是衣具还是武器,解放者
戴上松脆可口的帽子,与你一起升温去宴席

绝句

四棵树什么都不做,远看都是风的宠物
它们开始交流,一个用缓慢的速度告诉另三个

它已经被虫咬伤,请抓紧改变叶子的味道抗虫
明年的三棵树下,游方僧般的天鹅会抱住村里的大鹅

绝句

如露如电的韭菜,酿出了蝴蝶的
通世酒,梦幻的韭菜盒子上空,救世主存在的

瓦路证明,葬身于系塑料袋的扯淡共同体
回望不可及的韭菜地,还有一片灵魂的倒栽葱

絕句之八

绝句

酒问木桶你的前世多少年,木桶说警惕
把秘密告诉你的任何少年,他会在多年后

来找你,长久坐在你家树下叹息,酒说
我今夜会仰望他,预言诗人说你们好有趣

绝句

历史书是叠叠假币,制造者手里

总有金子,如果我来讲当代动物趣史

我会说,那同人衣舍没咬动羊的

小豹是我弟弟,这么说可以避免时代悲剧

绝句

可以帮你按摩神经末梢的

绝句又来了,一只还是一束,还是可以

装满水中天鹅座的一筐,如果是一盒

将来能用来装马卡龙吗,你这位小老鼠

绝句

有夜的牵牛花,有夜的喵声的小楼
心里有它的镇楼鼠,释放了睡元素

让马卡龙环舞,为彩绢蝶换回
毛虫衫的睡元素鼠,牵走了你的千般愿

绝句

在我怀里安家的,诗与自然的

双头兔,被弄醒时的温柔,带着不情愿

看到我在嬉戏之中,再次折损了

我自己,不要轻易把我模拟,它不为什么出现

反绝句

你看到了,但你不想听清楚,你自己在浑身捉迷藏

跟石榴一样味道的你,不知道给谁,带来过多少颇简

被你欺负的老人,被你吓呆的动物?跟水漂儿一样

跟别人交流的你,带着不迷惑的眼神,当你们站在

同一个点上,你把它移开——你们要去哪里?你们一定在想

石榴味的水漂儿,变成水母的时候,会不会浑身起伏不定的眼神?

绝句

使者说,我是来找你的路上

撒下的一颗种子,每一颗在等待你

我和你是不愿意作战的双方

圆舞曲中的父与子,幸存感十足的每一刻

绝句

暮年的虬髯国王,携手鲸鲵之影
制造连体战神,远征了下水道的绝域

误伤了自己之后,望穿警幻仙姝的花绣
让史诗的飞轮,日夜驰骤在他的蠕动中

绝句

拍手族去巨耳国讨生活,走了九千里
路上摘野果,投喂一群群小鸟和游鱼

鱼群转向时色彩的暴动,小鸟们飞回时
赠与的征兆,让他们忘记自己的无声国

绝句

星体的音乐,是运行在太空中的理想

尽管,部分音符随星体爆炸而消逝了

但黑洞也成就了奇妙的休止符,在内心

装上了道德星空的人们,随时绷断几根弦

絕句之九

绝句

在那贝发明过一个形容词的世界上
它是万能的,它的名字叫胖,它是

一只符合宇宙上涨的快乐趋势的词
被祝福的词,把世界复杂的深沟都抚平了

绝句

看到猫,我想起从未喝过的一种

猫耳之影茶,去猫食堂的路上它们各带名牌

写着馋,很馋,或极馋,不喝酒的我

与它们一样,脑门儿上浮现玩想玩两字

绝句

这位在宗教壁画画里,总想出场的
小胖子,你看着我们又走出疯狂的边缘

以秒计算的成王败寇,拖了万把年有如暴风雪
是一神独创世界的巨弓,刷着我们集体抵抗的琴弦

绝句

记忆的磷光,讲述着埃德加斯诺

去和忽必烈见面的故事,人体的玄妙实验室

就这样炮炮烙烙着历史,它拿苦难当小花絮,飘飞的

小花絮席卷了你,看云的猫狗,还有改牙时代的节奏

绝句

我有灵魂因为,我要出窍

仿佛献给黑夜的,一缕白发,它飘在我身上

仿佛我是仅有一束光线的恒星注视着你

绝句

水果般光滑的水鬼,与山鬼对唱山歌
水国的狂花抖动着,透翅蝶的花衬衫,在半开半落的

小庙里,是古代的空军用光纤,播洒在林间
让退位的老神看看苍波,混沌也有独角戏,几瞬间的小兵忙脱衣

绝句

一列满载列车啃过草原,啤炸了

缓缓移动的黑白花,熊猫与斑马的幻游

叠上情愿落水的企鹅,一列列王朝奔忙到海

甚至上树的姿态太轴了,像一箱箱让闪电挥空的黑材料

绝句

锅炉人电鳐的空壳,吐着过客的荧光,不似无手的

顽石列阵在时间的墙外,不思坠地的银杏

隐形在月落的瞬息,不寄托的力量,在佛国地图的上空也有飞船

绝句

天地之鼓追随闪电

纷飞的手指,送你去阴影里睡一秒

雨夜出逃的空相氏,劝你去重影国

绿衣鹦鹉教导鸥鸟的幼鸟,替你们嗷欷与猗欤

绝句

给小孩子看的杜甫,跳着恰恰舞
小鸟窗外捉虫,囚徒解绳索鼓掌

万古风景的幽默,助你成长到衰老背后
搀扶杜甫,看秋千轮椅送走一代代社鼠

絕句之十

绝句

闪电与礼花的草裙里,舞动着一位
黑鳞般的头领,名字与其他特征不详

舞动的据说是奇迹,因为过时
而延长到接近永恒,死缠我们的惊鸿

绝句

自然界的老古董,它们太对了
一颗枯褐色的松球,成为它们风中的

纪念品,用无声的皱纹讲出一个事实
人世间的老怪物太多了,简直是不可告人的秘密

绝句

八足怪物蹲坐,你首次看到它如何跃出
在方圆中草创仿佛体内有尺规,和保险柜

现在,它是学校/寺庙/公司/简门的集合体
伸头让四方怪咬住,你不放弃挣扎也不会醒过来

绝句

一串串的人间烟火里

滑梯上的居民,以泼林竭泽之力维持

九层楼高的常态,一蠼蠼集体向下时

天台上提前放把火,地上的蛇鼠毁家逃走

绝句

四帝王解决了混沌,也预言了
他的复活,四帝王摘掉面具逃去之前

擦去指纹,拔掉电源和氧气瓶,真正的混沌
再次出发,未来某一天走回我们鼻尖前

绝句

乐土论告诉你:危机爆发的前一日迁徙
就应该开始。他们要去的是有伊瓜苏河

但没有科莫多龙的地方,我背对着听落水的王朝
最后演出的钟声,乐土乐郊上爆燃着奔跑的指挥

绝句

昨夜失灵的，小神般的水母就像

会走的僧帽，来自并对抗虚空大师

告诉他：噩梦孤高如灯，仙境

无法忍受，我是你内心脆响的水晶器械

绝句

直升的糖僧,面对飞机的陷阱,转世

来洗脑的星霜,是北海冰冷的千里镜

赤脚登月的小畜,走过万仞群峰的绝句

绝句

海边散养的牛羊摇头晃耳,互相磨蹭的

声音,荡开了人类情感制造的化学武器

想住在海里的土狸,酒杯中下沉的小岛

水洼里映现的浮山,穿金袍骑大象的几乎都是我

绝句

浩荡洪溟中选出的小生灵，唱到

吾誉我，巨灵俯身应道，天袋子

这种没有人的世界是纯喜剧，我们的永恒

与它们的偶然暗中附和，推出骑士与随从

絶句十一

绝句

在我的两次、轻轻的朋贵之间

有一扇窗,一捧啤酒花,还有一位千变万化的朋友
用宝石色的眼睛,染着我身上的各种光,我不停地爱上

从我身体中扯出的,一丝丝向前飘移的血,它们在窗外
仿佛雨后的樱桃树,我可不可以变回我自己呢,不需要告诉任何人

绝句

突然我躺在孤独上空嘹然

海桥侧弯,如黎明之蚌吞吐夕阳之蛤

我是信使有风有翅,我也是世界随机的灯柱

有鞋钉与银花闪烁,暴雨测出我倒立去地上走的高度

绝句

睡前用手指踢远的,杯酒与独木舟的
对岸,记忆走了七步终于挂失

有小岛,雕成我脸的样子,有我的亲着远来
低走如水下的银莲花,有无我的,记不得的不可测

绝句

对小朋友很友好的大蛇,世界
海参睡眠大赛专用猫,静止在你回忆中的

雄壮天鹅,它们让你没有选择
你的但丁出场将面对它们,在落雨前飞卷

绝句

人参娃娃长大了,显出米其林的风范

匆忙瞄一下我们的世界,留下冰淇淋的气息

夏夜的朽木留下一卷卷,斑马纹的树皮

测量河水上涨的绳结,是供波纹娱乐的时间锁

绝句

幽暗中半隐形的烛龙，拥挤的鼍龙
无言的邓氏鱼，眼含期待的金翅鸟

它们都明白，进入即将毁灭的世界
离开已经毁灭的，是多么难得的神迹，未来的孩子们

绝句

火海尘埃对峙淹没每一刻
它们唯一的秩序,此起无东彼落无西

转身南下北上,有敬瘟神的警笛
喂卧壁炉的白求恩

绝句

纷纷恍惚如落叶的西山小吏

走入落叶蝉鸣曲，懊侬歌里的主人公

一去三千七百里，颠倒做云使

画出自己游荡在鱣鲔间，顺流去锁淮涡神

绝句

拥抱过火星的碎屑,现在回想
自己曾像一颗永不坠落的流星,出走在

那些阴暗越给你力量的天空下,回想爆炸的中心
曾经是你的故乡,你的小屋,你自然弯曲的睡眠

绝句

我用一个音符跟上帝对话,是任何
一个音符,是任何一个世界的上帝

我短暂成为其中一个世界慈爱的爸爸

絶句十二

绝句

梦中按铃,我发出上世纪
对猫的呼唤,像利用风力把自己左脑

摇醒的候鸟,停在记忆散场的泥石流上方
用雨丝的排箫,炫闪黑暗轧出的面条

绝句

雀翎山的湖里漂浮木筏，带上花朵的

轮轴上岸，搭了个磨坊

岸边的草场，推出戴眼罩打太极的

我一圈圈歌咏，提前茶休的飞碟来我乡

绝句

信号山落满残枝,孤飞的表舅

背后一片弦桐与风筝,运转大风车和大绞架

途经小西湖捎一斛蛇与珠,带伤

转世,在你想飞速成长加速离开的时刻

绝句

雨后进山的送信车,含光

向上喷发的瀑布,跌进大冥之川

逃出的萤火忽来忽往,如晚起的

圣贤匆匆遗忘,昨夜星落之楼的邮编

绝句

深秋的提问,带来深谷大雾里的苹果题

柿子题,与牛羊各自蠕动,让鸡兔命名的花开

渴望对话的解题思路,还有看似孪生兄弟的海豚

在月牙边和水面上,凿出一片小碎钻的声波回复

绝句

家常猫的神性之光用一狐
金色的小笊篱捉住

阳光中的小虫,我们放走命运
漩涡中的它时才发现,它会飞而且会画金鱼

绝句

我以为是啄木鸟,敲了我的小木屋

我看到猫360度转动圆头,去了花园

我看到云、树和蘑菇,是你把我从深度睡眠的小木屋

带到了梦境里,猫是谁的化身,当然它跟我不分彼此

双绝句

报数人敲打抱柱人,期待水上的飞人

主人的心环与愚人的心花,两星脑钉的微光

倒装你,为反衬谁,深鳌之下仍有暗河

幽林上浮,太阴寂寞的小楼,也是怒张过的棕榈

活的标本也有活的成本,水下的飞人经历的非人

更好的武装,更少地受骗,抱柱人踢打着报数人

绝句

万种世间苦,也将石沉大海,万千树洞
与人世的关窍,也被大风扯人静寂

在上京或墨西哥,或德州,都是废矿般的发家
毁灭史,刚去海边的万吨沙,也都等不及

绝句

谁在生命的中途,赐予我们新生,让失望而落的
神话大全与绝句的花序,重回枝头

中年的摇篮,荡漾着睡前双蛇的玩具,致洒水含毒
遥呼空中无名的、无伤的夜,是空柯自折一曲,让翡翠煎黄了金翅

附录一 变体绝句九首

凤兮绝句

凤凰身边的余孽,灰烬的

鉴赏家,神话的曲别针,掏走历史线包包的

退休人员,五音齐发开始演唱

在另一星选一半球,携毒株亲走山顶洞

沧浪绝句

水彩画中的巨人,在小山顶上吹起
奥陶纪的笙箫,孺子与小菌拍手

巨人是古昇大猩猩吗?孺子呢,转世的
大泽乡行者,小菌孤星一闪化北海苔

蘑菇的语言绝句

我诗人朋友毕生的功业

在我布设的电网里,一个回闪就可以

呈现,那是给太平洋五倍面积的灰烬海

加了一块,当碎镜子用的糖

大铁门绝句

走过一千几百个大铁门
终于,见到了传说中的看门人拿着木棒

站在山洞前笑了,仿佛预见到
我还要走回去,看一代代用正义换鸡蛋

算命师绝句

他们人类吸取不了人类灭亡的教训

轮状滚动的赘肉,都是失忆和侥幸

假设历史前进了,假设的速度更快

碾平的他们的力量,抚平你的疑惑欢迎你

半自动绝句

捉迷藏的巧手,钢珠齐发的坟墓
半空中隐身,伴有机械嘶声的哭喊

从无规律,到有节奏的碰撞之后
重提,活解我们人生时的针对性

人之链绝句

万古震荡人之链

自行发射再击落,挡吴山攻洞庭

铁皇崩于流沙,铜鼓发动

历史的车轮战,碾压过的手都有锯齿

东风影院绝句

在每秒都放弃主人公的电影里
你举着,褪色的街市不动的布景

三三两两不复存在的蜻蜓,扮犬马
卷不动的风扇,全靠地下有人烧出了蒸汽

我猫前世绝句

记得琉璃桥上看风筝
小鸢飞来,放学途中

更尽一杯千日酒
万射船上睡几周

我猫晒暖的耳朵,有转轴
还有拇指点醒,迷茫一代的余生

附录二

访谈：绝句与诗歌形式的共振

问：绝句一词最早在南朝的齐、梁时代就已出现，至唐而盛行。您的绝句诗系列，至今可谓珠玉满箧，收获颇丰。为何要创作当代诗的绝句系列，是为唤醒唐朝的余韵，还是为呼应唐朝的绝响，这是否也是您的一个诗歌理想？

答：我以《绝句》为题写的诗，就像提问中说的，并不是以唐诗为起点，更多的是共振。四行的诗歌形式，在很多诗歌传统中都有，比如印度、波斯、希腊都是如此，放在一起，会出现一个很丰富的光谱，容纳了歌谣、赞颂、铭文、箴言、谜语、辅助记忆的实用诗体，等等。此外，四行诗作为诗节的单位可以扩展成更长的诗，比如有的史诗就是四行体。

所以，它是一个大家各自都有，而且可以共享的传统资源。曾有学者研究过，综合不同国家的一些古老诗体，读出每行诗的时间大约在三四秒上下浮动。这是一个最常出现的，用诗歌韵律调节读者一次呼吸的时间跨度，随着意义的进展，几行诗就会形成一个注意力能够集中再放松的单元。如果做得足够好，读者会想再回来读一遍，甚至下一遍，还能感到有回味，有余响，因为跟读者头脑和身体的节律之间进行了有效互动。我写《绝句》的时候会找这种感觉，有时候会在某一行逆流而动，再生波澜，有时写成《反绝句》或《双绝句》。

问：在诗歌民刊《爆炸》（2003 年）里，曾刊发过诗人冷霜写的诗评《爵士乐的自由即兴与王敖的诗》，冷霜认为"他的诗在此前当代诗中似乎找不到相近的类型，他的写法和诗的特征都是我们此前所不熟悉的，一时让人不明所以，另一方面，他的诗产量颇丰，有时几乎像是在变魔术，他的形式实验也令人眼花缭乱，而同时，他正面谈到诗歌时的种种意见也使人感到他的头脑异常清晰。无论喜欢还是不喜欢他的诗，恐怕没有人会否认，他的写作极具活力"。对此您怎么看。

答：当代诗的形式实验，如果放在新诗历史的框架里看，似乎有很多。换一个坐标系，就会不同的看法。

我个人觉得，当代诗中的形式实验还是太少了。在很多人心目中，诗歌的基本盘就是新诗，部分经典古诗，浪漫派抒情诗的一些现代变种。所以，有时候读到一些别的写法，就像去参加了一个识别类型的测试，如果自己没通过，就会重复一些常见的批评套话，比如，"形式不是目的"，仿佛他已经知道别人写诗具体什么目的，怎么写需要他批准一样。

一个有智慧的批评家，不会这么草率对待形式实验，他甚至会想，类似于"形式不是目的"这样的封条本身，是否也需要更新一下。

所谓形式实验，有超出诗歌史的意义，有时甚至直接跟人类思维的演化有关。发明，或识别并改造出一种形式，意味着人类探索自我和未知世界的能力有了一块新的磨刀石。更新形式的过程，并不只是一种写出更好作品的手段，它本身是作者跟自身传统行进的抗阻训练，而且跟具体的诗歌理想都不矛盾。而且，诗歌的形式里，内化了前人的思维和身体经验,也包含一些可供人类创造共情空间的结构,能够跨越时代进入其他的媒介。所以,维护和更新诗歌的形式,也是有道德意义的。

如果一个诗人能够长期进行形式实验,在诗歌内外,在现实与想象之间,在内部和外界阻力面前,他最需要的往往不是一种对形式的天然兴趣(因为形式实验很好玩),而是一种类似于道德勇气的东西,否则他早就放弃了。

问:新诗集题为《十二束绝句》,为什么会用"束"这个词?

答:这本诗集120首诗,以10首为单位,分成12束。我想,它们既是独立的诗,又以"集束"的形式出现,视觉上像是方向和姿态不同的花束。在第120首里,提到过"绝句的花序",我希望它们次第绽放,或一起涌现。

问:你曾提到过,你写的一些绝句是"微型史诗",请问具体指什么,能否详细谈一下?

答：在不同传统里演化出的短章（包括各种四行诗），常常都跟歌谣有关，它们本身有能力容纳史诗的境界和元素。然而，这一点被很多专业学者和普通读者遗忘或忽略了。

如今人们对史诗和歌谣的理解都跟现代民族国家的兴起有千丝万缕的关系。尤其是在欧洲，在艺术家们塑造本国民族精神的过程中，史诗和民间歌谣这两种古老体裁最适合用于把地方性的故事改写进整个民族的历史。通过它们，各国的文化人都在历史和神话之间建立起一个关于本民族的叙事空间，并在其中强调自身的独特性。但这样做的一个后果是，现代人很难完全摆脱民族主义用过的滤镜来看待它们。今天我们提起史诗，首先想到的是有代表性的、宏大的英雄故事，它以波澜壮阔的大手笔挥洒出煽动性的崇高感。说到民歌，那一定是篇幅短小且语出天然，或者展现清新可喜的情思，或者抒发如泣如诉的乡愁。然而，史诗和民间歌谣可以是同一种力量的两种表现。这么说并非要把两者混为一谈，而是说无论从还原历史的角度还是从激发想象力的角度来看，它们互相包孕产生的合集，要比它们之间教条化的分野有意义得多。

史诗和歌谣都是古老的民间传统的一部分。史诗的载体是说唱艺人，而非渴望为集体代言的现代诗人或艺术家。史诗中包含从民歌里撷趣的唱段、套路和技巧。民歌里也生长着一些远播四方的漫长故事，但它们往往被裁剪成别具风情的小碎花，象征属于某个现代民族理想化的故土，或者直接拿来当现代抒情诗阅读，而它的原貌可能是一部流传在不同国度间的世界史诗。换句话说，歌谣可以是史诗的微观形态，在不断的文化迁徙中成型，受其影响的现代短章也是如此。

我举个具体的例子，西班牙诗人洛尔卡写的"深歌"就可以从这个角度理解。"深歌"的原始起源是古印度歌谣，经过阿拉伯世界到达安达卢西亚。用洛尔卡的话来说，"它避开了现代音乐冰冷而死板的五线谱，让紧闭的半音之花绽放出一千个花瓣。"经过文化混血之后，具体的故事线已经被磨平了，留下的是古代迁徙中的民族赤裸而粗粝的情感。读者常会把洛尔卡看作是一位现代谣曲作者，但他的谣曲绝非浪漫小情调，而是内化了宏大的，而且不可复原的史诗背景。

在他的诗里，歌谣的演唱者的原型是荷马，而突出的主题是群体性的死亡经验，以及从中迸发出的一种极端美学——这种美学产生于当地特殊的死亡文化对人的笼罩，刺伤与激活。用洛尔卡的话说，"一个人在西班牙死去，会比在世界任何其他地方死得更彻底。任何想跃入梦境的人都会在剃须刀上割伤他的脚。"所以，我觉得洛尔卡的很多短诗都暗示了一个神秘的没讲完的故事，在漫漫长夜中沉入黑暗的史诗，被他压缩成一颗颗带着黎明血色的钻石。

我写的一些短诗有类似的思路，容纳了史诗的元素和时空感，强调史诗的不完整，或那些已经永远失落的部分。

问：你提到了四行诗的形式是一种广泛存在，而且可以共享的传统资源，因此把绝句系列看作一种不同光谱下的形式共振。如果我们考察不同的四行诗，从文化建构的角度看，它们之间存在着尖锐的历史背景与脉络的差异。在当代强调历史化的潮流里，请问这种共振是否会被认为是一种语言上的乌托邦呢？

答：正因为历史背景与脉络差异很大，诗的跨时代共振才显得尤其有意义。我们能够识别的历史差异，很可能只是其全貌的一小部分。年代的鸿沟，种族的差异，文化建构的复杂性，这些障碍物是诗歌想象力的朋友。

前面讲到的洛尔卡的例子，也适用于这个问题。某种诗歌或艺术形式会随着迁徙的人群走向未来世界，不断变形和更新，进入新的作者的视野。同时，它们也划分不同的接受人群。洛尔卡能在深歌内部体验到"地灵"，一种有魔力的精灵。他同代的大多数音乐家都听不到，因此洛尔卡一直在跟人辩论。

当然洛尔卡说他能体验"地灵"是一种神话，但它在洛尔卡的诗里起作用，就跟天使在但丁的诗里起作用一样。

强调文化的建构性和差异性，从历史的角度解构诗学中的神话，此类做法很有道理，它提醒我们不要让某种神话在自己的思想背后成为一种绝对真理，进而去蛊惑别人。同时，也别让历史之类的东西成为障碍，把有限的历史视角的作用放大，导致对历史的滥用，尼采在《历史的用途与滥用》里早就警告过这一点。

诗人需要有自己的历史意识,并不需要提前征得历史学家或文化史家的同意。在现代诗的领域里,谈历史意识影响最大的人是艾略特,但他说的历史意识既不指历史知识,也不来自现代学科意义上的历史研究,而是来自他的基督教神学观念,跟他面对的神学辩论有直接关系。诗人在谈历史的时候,他们谈的经常是自然,或者神秘。

历史研究者可以为他们去魅,不妨碍他们不跟同时代的某种历史观(也是文化建构)合拍。

问:一个陈旧的问题,但期待能有新回答。对读不懂绝句的读者,你想说什么?

答:放弃辩论,或有节奏感的沉默。

(访谈时间是 2021 年,前两个问题提问者是张杰,其他问题提问者是徐振宇。

图书在版编目（CIP）数据

十二束绝句 / 王敖著. -- 上海：上海文艺出版社,2022
ISBN 978-7-5321-8239-8
Ⅰ.①十… Ⅱ.①王… Ⅲ.①诗集－中国－当代
Ⅳ.①I227
中国版本图书馆CIP数据核字(2021)第257346号

发 行 人：毕　胜
策 划 人：杨全强
责任编辑：肖海鸥
特约编辑：金子淇
封面设计：少　少

书　　　名：十二束绝句
作　　　者：王　敖
出　　　版：上海世纪出版集团　　上海文艺出版社
地　　　址：上海市闵行区号景路159弄A座2楼　201101
发　　　行：上海文艺出版社发行中心
　　　　　　上海市闵行区号景路159弄A座2楼206室　201101　www.ewen.co
印　　　刷：苏州市越洋印刷有限公司
开　　　本：1240×890　1/32
印　　　张：5.5
插　　　页：2
字　　　数：88,000
印　　　次：2022年7月第1版　2022年7月第1次印刷
Ｉ Ｓ Ｂ Ｎ：978-7-5321-8239-8/I.6509
定　　　价：49.00元
告　读　者：如发现本书有质量问题请与印刷厂质量科联系　T:0512-68180628